हिन्द पॉकेट बुक्स

ख़ौफ़नाक क़िला

म्यांमार की राजधानी रंगून में एक ख़ौफनाक़ क़िला, भारत के एक महान वैज्ञानिक को चार कुख्यात एजेन्टों ने कैद कर रखा है। जहां उनके बीच वैज्ञानिक को खरीदने की बातें होती हैं। इसलिए भारत के दो नन्हे जासूस वैज्ञानिक की खोज में रंगून भेजे जाते हैं। वे वैज्ञानिक को किस प्रकार, गलत हाथों में पड़ने से रोकते हैं !

यह जानने के लिए ले चलें रंगून, जहां भारत के नन्हे जासूस राजन और इक़बाल कुख्यात एजेन्टों की खतरनाक चुनौतियों का सामना करते हैं।

इस जासूसी उपन्यास को मज़े लेकर पढ़ने के लिए मजबूर हो जाएंगे। सुन्दर रेखा-चित्रों सहित साहसिक कारनामों से भरपूर।

सुरुचिपूर्ण एवं प्रेरणादायक साहसिक उपन्यास

ख़ौफ़नाक क़िला

एस. सी. बेदी

हिन्द पॉकेट बुक्स
पेंगुइन रैंडम हाउस इम्प्रिंट

हिन्द पॉकेट बुक्स

यूएसए | कनाडा | यूके | आयरलैंड | ऑस्ट्रेलिया | सिंगापुर
न्यू ज़ीलैंड | भारत | दक्षिण अफ्रीका | चीन

हिन्द पॉकेट बुक्स, पेंगुइन रैंडम हाउस ग्रुप ऑफ़ कम्पनीज़ का हिस्सा है,
जिसका पता global.penguinrandomhouse.com पर मिलेगा

पेंगुइन रैंडम हाउस इंडिया प्रा. लि.,
चौथी मंजिल, कैपिटल टावर -1, एम जी रोड,
गुड़गांव 122 002, हरियाणा, भारत

पेंगुइन
रैंडम हाउस
इंडिया

प्रथम संस्करण हिन्द पॉकेट बुक्स द्वारा 2011 में प्रकाशित
यह संस्करण हिन्द पॉकेट बुक्स में पेंगुइन रैंडम हाउस द्वारा 2022 में प्रकाशित

10 9 8 7 6 5 4 3 2

इस पुस्तक में व्यक्त विचार लेखक के अपने हैं, जिनका यथासंभव तथ्यात्मक सत्यापन किया गया है, और इस संबंध में प्रकाशक एवं सहयोगी प्रकाशक किसी भी रूप में उत्तरदायी नहीं हैं।

ISBN 9789353491833

मुद्रकः रेप्रो इंडिया लिमिटेड

www.penguin.co.in

FSC www.fsc.org MIX Paper from responsible sources FSC® C047271

This is a legitimate digitally printed version of the book and therefore might not have certain extra finishing on the cover.

ख़ौफनाक़ क़िला

“राजन! कभी तुमने हाथी देखा है?”

“नहीं।”

“तो वह देखो, हाथी व हथिनी दोनों चले आ रहे हैं।”

इक़बाल ने एक तरफ इशारा करते हुए कहा।

राजन ने उस तरफ देखा, तो मुस्करा दिया। एक जोड़ा चला आ रहा था। यानी औरत व मर्द। दोनों ही इतने मोटे थे कि देखकर बरबस हंसी आ जाती थी।

दोनों ही गैलरी में खड़े थे। नीचे सड़क का दृश्य स्पष्ट दिखाई दे रहा था।

“इसी खुशी में एक जोक सुनो!”

“बकवास में समय नष्ट करने के बजाय हमें प्रोफेसर रमाकान्त के बारे में सोचना चाहिए, जिसे छुड़ाने के लिए हम रंगून आए हैं।”

म्यांमार की राजधानी रंगून में थे राजन और इक़बाल।

“अभी तो यहां आए हैं यार! थोड़ी देर आराम वगैरह कर लो, फिर इस बोर काम के बारे में भी सोचेंगे।”

“चाहे इतनी देर में प्रोफेसर को पार ही क्यों न लगा दिया जाए।”

“यह काम इतना आसान नहीं है प्यारे! चीफ ने जो बताया है, उसके

अनुसार प्रोफेसर रमाकान्त देसाई की बोली लगेगी। बोली लगाने में दुनिया की बड़ी-बड़ी हस्तियां हिस्सा लेंगी। कोई भी ताकत आसानी से किसी को अपने साथ नहीं ले जाने देगी।"

"तुम यहीं बैठकर बकवास करते रहो। मैं नहाकर आता हूं।"

कहने के साथ ही राजन कमरे में प्रविष्ट हो गया।

इक़बाल ने बुरा-सा मुंह बनाया और फिर खुद ही एक जोक गुनगुनाने लगा।"

आए थे मस्ती मारने, खस-खस हो गया।
धोबी मेरे कपड़े, बिना साबुन के धो गया।
मस्ती धरी रह गई, मैं बोर हो गया।
पलंग मिला नहीं, खड़ा-खड़ा ही सो गया।

तारीफ करने वाला कोई था नहीं, इसलिए कमरे में आकर वह खुद ही अपनी तारीफ करने लगा।

थोड़ी देर पहले ही वे दोनों विमान द्वारा रंगून पहुंचे थे और सीधे इसी होटल में आकर ठहरे थे। भारतीय सीक्रेट सर्विस के चीफ ने ही उन्हें जानकारी दी कि वाईक लायड अन्तर्राष्ट्रीय अपराधी है, जो प्रोफेसर रमाकान्त देसाई का अपहरण करके उन्हें रंगून ले गया है। भारत के साथ-साथ दुनिया के बड़े-बड़े देशों के लिए वह मूल्यवान हैं। उन्होंने एक ऐसा आविष्कार किया था, जिसके द्वारा बड़े-से-बड़े देश को भी एक मिनट में तबाह किया जा सकता था। यह यकीनी था, जिसके पास भी यह आविष्कार होगा, वह दुनिया का संचालन कर सकेगा। सब देश उसके सामने सिर झुकाने के लिए मजबूर हो जाएंगे।

चीफ ने ही बताया था कि लायड प्रोफेसर की नीलामी करेगा, जो देश सबसे ज़्यादा बोली लगाएगा, प्रोफेसर रमाकान्त उसी को सौंप दिए जाएंगे।

चीफ का कहना था कि सीक्रेट सर्विस के सभी बुद्धिमान जासूस किसी-न-किसी काम से दूसरे देशों में गए हुए हैं। जो मौजूद हैं, उन्हें सारी दुनिया के जासूस जानते हैं, इसलिए वह इस काम के लिए उन दोनों को रंगून

भेजना चाहते हैं। कोई सोच भी नहीं सकेगा कि यह कल के लड़के इतने बड़े काम के लिए यहां आए हैं।

देश का सवाल था, इसलिए दोनों तुरंत तैयार हो गए।

वे जानते थे कि प्रोफेसर रमाकान्त को छुड़ाकर लाना आसान नहीं। जान की बाजी लगा देनी पड़ेगी। दोनों लड़के देश के सच्चे सपूत थे, इसलिए जान की बाजी लगा देने के लिए तैयार हो गए थे।

चीफ ने उन्हें एक और सलाह भी दी थी कि अगर प्रोफेसर को वापस लाने में वे कठिनाई अनुभव करें, तो उन्हें खत्म कर दें, ताकि किसी दूसरे देश के हाथ वह आविष्कार न लग सके।

कई देशों के जासूस नीलामी में भाग लेने के लिए आने वाले थे। म्यांमार भारत का मित्र देश है, इसलिए प्रकट में वह भारत के हितों को भी नुकसान पहुंचाने की कोशिश नहीं करेगा। इक़बाल के कथनानुसार अंदर-ही-अंदर बहुत से देशों की मिलकर खिचड़ी पकेगी। स्वाद चखने के लिए कौन ज़िंदा रहेगा, यह कोई नहीं जानता था।

राजन-इक़बाल जानते थे। उनका काम बहुत कठिन है। उन्हें अपराधी के साथ-साथ खतरनाक जासस से भी निपटना था।

चीफ ने यह भी बताया था कि उसी होटल में आकर उनसे एक व्यक्ति मिलेगा, जो आगे के कार्यों के बारे में उन्हें बताएगा, इसलिए वे लोग उसी होटल में आकर ठहरे थे।

तभी घंटी बज उठी

राजन उस समय कपड़े पहनकर तैयार हो चुका था।

इक़बाल बोला, “दरवाज़ा खुला है, आ जाओ।”

जो व्यक्ति अंदर प्रविष्ट हुआ, उसने सफेद धारियों वाला कोट पहना हुआ था। कद में छोटा; लेकिन मज़बूत जिस्म का मालिक था। उसके नीचे के दो दांत चांदी के बने थे। दोनों उसे जानते थे।

वह गुप्तचर विभाग का इंस्पेक्टर नोचान था।

राजन-इक़बाल के रूम में आते हुए इंस्पेक्टर नोचान

उसने मुसकराते हुए भारतीय ढंग से हाथ जोड़ते हुए कहा,

"नमस्कार!"

"बैठिए।" राजन बोला।

फिर तीनों आमने-सामने सोफे पर बैठ गए।

"तो आपको हमारे आने की ख़बर मिल गई?" राजन ने पूछा।

"एक और ख़बर भी मिली है।"

"क्या?"

"तुम लोग एक ऐसे खतरनाक अभियान पर यहां आए हो, जिसमें तुम लोगों की जान का खतरा है।"

"गलत।"

इक़बाल जल्दी से बोला,

"हम लोग यहां मटरगश्ती करने आए हैं। इसका मतलब तो आप जानते होंगे?"

"तुम्हीं समझा दो।"

"यानी मटर पर बैठकर गश्ती करना। बड़ा आनन्द आता है। आप भी किया कीजिए।"

"हम लोग मटर पर नहीं कद्दू पर बैठकर गश्ती करते हैं।"

"बड़ी खुशी की बात है, लेकिन हमें कद्दू पर बैठना पसंद नहीं।"

"तुम अपनी आदत के अनुसार मुझे बेवकूफ बनाने की कोशिश कर रहे हो।"

नोचान मुसकराता हुआ बोला, जिसके कारण उसके चांदी के दांत चमक उठे।

"अब साली आदत ही ऐसी है, मैं क्या करूं?"

"कुछ भी हो, तुम लोग हमारे देश में मेहमान हो। तुम लोगों को अगर कुछ हो गया, तो हमारे देश का अपमान होगा, इसलिए तुम लोगों की सुरक्षा का प्रबंध करना हमारे लिए जरूरी है।"

"किस तरह का प्रबंध करेंगे?" राजन ने पूछा।

"निश्चय यह किया है कि तुम लोगों की सुरक्षा के लिए एक अंगरक्षक नियुक्त कर दिया जाए, जो हर संकट के समय सहायता करेगा।"

"अगर हम इसे पसंद न करें तो?"

"पसंद करो या न करो; लेकिन तुम लोगों की सुरक्षा के लिए अंगरक्षक लगाया ही जाएगा।"

वह रहस्यमय मुस्कान बिखेरता हुआ बोला।

"और।"

"मैं दो बातें बताने आया हूं। एक तो अंगरक्षक को तुम चकमा देने की कोशिश नहीं करोगे। दूसरे रंगून में कोई गड़बड़ करने की कोशिश नहीं होगी। अगर इन बातों का पालन करोगे तो सुखी रहोगे।"

यह स्पष्ट रूप से उनके लिए धमकी थी। सुनकर दोनों का खून खौल उठा; लेकिन वे चुप रहे।

"अब मैं जाना चलता हूं।"

"जरूर जाइये।"

इक़बाल बुरा-सा मुंह बनाता हुआ बोला–

"तुम्हारी शक्ल देखकर मुझे कद्दू की याद आ रही है।"

नोचान मुसकराता हुआ कमरे से बाहर निकल गया।

उसके जाने के बाद इक़बाल बोला–

"दिल कर रहा था कि उसके चांदी के दांत तोड़कर हाथ में पकड़ा दूं।"

"हमें क्रोध से नहीं, दिमाग से काम लेना होगा।" राजन बोला।

"क्यों?"

"क्योंकि हमारे यहां आने का भेद मालूम हो चुका है। सरकार हमें किसी प्रकार की सहायता देने की बजाय हमारे मार्ग में रोड़े अटकाने की कोशिश करेगी। हमें जो कुछ करना है, सोच-समझकर व अपने दम पर करना है।"

"लेकिन सरकार ऐसा क्यों कर रही है?"

"यह बात क्यों भूल जाते हो कि मुकाबले में और भी हैं। वह एक-दूसरे

देश की सहायता करने के साथ-साथ हमें भी सुरक्षित देखना चाहता है।"

"यानी मामला बम-बम भोले हो गया है।"

"हां, अगर हमने बुद्धिमानी से काम न लिया, तो वह हमें जेल भी पहुंचा सकता है।"

तभी फोन की घंटी बज उठी।

रिसीवर उठाकर वह बोला, "राजन स्पीकिंग।"

"सुनो, मैं तुम लोगों से मिलने होटल नहीं आ सकता। तुम लोग होटल पेकार्ड पहुंचो और काउंटर गर्ल से बोलो, "जितना खूबसूरत चांद है, तुम उतनी ही बदसूरत हो।"

राजन अपनी बात पूरी भी नहीं कर पाया था कि दूसरी तरफ से सम्बन्ध-विच्छेद हो गया। वह मुंह फाड़े रिसीवर को घूर रहा था।

"क्या हुआ?"

"शायद उसी का फोन था, यहां आकर मिलना था। कह रहा था कि मैं यहां नहीं आ सकता। होटल पेकार्ड की काउंटर गर्ल से जाकर कहो,

"जितना खूबसुरत चांद है, तुम उतनी ही बदसूरत हो।"

"अगर कह दिया, तो जूते भी पड़ सकते हैं।"

"यह खतरा तो मोल लेना ही पड़ेगा।"

"तो चलें न?"

"चलना ही होगा।"

दोनों पैदल ही बढ़े जा रहे थे।

"राजन!"

इक़बाल सरसराते स्वर में बोला,

"हमारा पीछा किया जा रहा है।"

"मैंने भी पहलवान टाइप के मोटे व्यक्ति को देख लिया है।"

मोटा होने के बाद भी वह फुर्तीला व ताकतवर नज़र आ रहा था।

"शायद इसी मोटे व्यक्ति को हमारा अंगरक्षक नियुक्त किया गया

है।"

"पट्ठे ने चुनकर नियुक्त किया है। हम दोनों पर भी साला भारी पड़ेगा; लेकिन इस समय तो उसे डोज़ देना ज़रूरी है।"

उस जगह भीड़ नहीं थी, लेकिन आगे जाकर मुख्य बाज़ार शुरू हो जाता था। वहां काफी भीड़ थी। भीड़ में से होते हुए वे एक रेस्तरां में प्रविष्ट हुए और उसके दूसरी तरफ से बाहर निकल गए। बगल में ही एक गली थी। उस गली में से होते हुए वे फिर पहली वाली सड़क पर आ गए।

दूर-दूर तक उन्हें कोई पहलवान दिखाई नहीं दिया। एक टैक्सी रुकवाकर वह उसमें बैठ गए और फिर राजन ने उसे पेकार्ड होटल चलने का आदेश दिया। थोड़ी देर बाद टैक्सी रुकी। राजन ने बिल चुकाया और फिर दोनों पेकार्ड में प्रविष्ट हो गए।

हाल की सभी सीटें भरी हुई थीं। दोनों काउंटर की तरफ बढ़ गए, जिसके पीछे एक खूबसूरत म्यांमारी युवती खड़ी थी।

"राजन!"

इक़बाल बोला, "यह तो काफी खूबसूरत है।"

"हां।"

"वह सैंडिल भी उतार सकती है"

"अपना सिर आगे कर देना।"

राजन मुस्कराया।

"कोई बात नहीं, बाल झड़ गए तो नकली बालों का विग लगा लूंगा।"

दोनों काउंटर के पास पहुंच गए।

"यस प्लीज़?"

काउंटर गर्ल ने मधुर स्वर में कहा।

इक़बाल बोला, "अगर आप सैंडिल न उतारने का वायदो करें तो एक बात कहूं।"

"कहिए।"

"जितना खूबसूरत चांद है, तुम उतनी ही बदसूरत हो।"

उत्तर में वह मुस्करा दी और अपने बैग से एक कागज़ का चिट निकालकर उसके हाथ में थमा दिया। इक़बाल ने मुठी बंद कर ली।

"क्या पिएगें?"

"ठंडा पानी। इक़बाल ठंडी आह भरता हुआ बोला।"

"क्यों?"

"हम तो सोचकर आए थे कि सैडिल पडेंगे; लेकिन यहां मुसकराहटों का तोहफा मिल रहा है।"

वह हंस पड़ी।

फिर वे दोनों वहां रुके नहीं। बाहर की तरफ बढ़ गए। राजन ने एक टैक्सी रुकवाई और अपने होटल का पता बताकर इक़बाल के साथ पिछली सीट पर बैठ गया।

ड्राइवर ने टैक्सी को गति दे दी।

इक़बाल ने चिट खोला, फिर दोनों पढ़ने लगे पता।

"बुद्धा ट्रस्ट हाऊस, चैपलर रोड"।

अदंर प्रविष्ट होते ही बुद्ध की प्रतिमा दिखाई देगी। दोनों हाथ जोड़कर बोलना कि भारत में ऐसी सुन्दर बुद्ध की प्रतिमा नहीं है। दिल करता है इसके सामने खड़ा रहकर इसे देखता रहूं।

अगर यह बोल सुन लिए गए, तो एक युवती तुम लोगों के पास आएगी और कहेगी कि,

"म्यांमार में इससे भी सुन्दर बुद्ध की प्रतिमा है"

आओं मेरे साथ, दिखाऊ, तुम उसके साथ चले जाना।

"नोट– इस चिट को पढ़ने के बाद फाड़ दो।"

राजन ने ड्राइवर से कहा, "बुद्ध ट्रस्ट हाऊस, चैपलर रोड चलो"

ड्राइवर ने गर्दन हिलाई और फिर टैक्सी दाई तरफ मोड़ दी।

दोनों ने संकेत रट लिया और फिर चिट फाड़कर फेंक दिया।

वह बाहर से देखने में ही बौद्ध मंदिर जैसा नज़र आ रहा था। अन्दर रोशनी

बुद्ध की प्रतिमा के पास राजन-इक़बाल

हो रही थी; लेकिन बाहर मौत जैसा सन्नाटा छाया हुआ था। राजन-इक़बाल बेझिझक जूते उतारकर अन्दर प्रविष्ट हो गए।

सामने ही शानदार बुद्ध की प्रतिमा स्थापित थी। छत पर बड़े-बड़े दो घण्टे लटक रहे थे। राजन-इक़बाल ने घण्टे बज़ा दिए। शांत वातावरण टन-टन की आवाज़ से गूंज उठा।

जब खामोशी छा गई, तो दोनों हाथ जोड़कर ऊंचे स्वर में बोले,

"भारत में ऐसी सुन्दर बुद्ध की प्रतिमा नहीं है। दिल करता है, इसके सामने खड़ा रहकर इसे देखता रहूं।"

जब कोई प्रकट नहीं हुआ, तो उन्होंने दोबारा वही लाइनें दोहराई। दायीं तरफ से एक म्यांमारी युवती प्रकट हुई, जिसने भगवे रंग का ब्लाउज़ व लुंगी पहनी हुई थी।

करीब आकर वह बोली, "म्यांमार में इससे भी अधिक सुन्दर बुद्ध की प्रतिमा है। आओं मेरे साथ, दिखाऊं।"

दोनों खामोशी के साथ उसके पीछे चल पड़े। पिछली तरफ एक द्वार था। उस द्वार से अन्दर प्रविष्ट होकर वह एक कमरे में पहुंचे। उसके पीछे एक और कमरा था, जो काफी छोटा था। उस कमरे में एक हट्टा-गट्टा व्यक्ति बैठा था। उसने भगवे रंग का लबादा पहना हुआ था, सिर गंजा था।

उसने मुसकराते हुए कहा, "बैठो।"

फर्श पर एक कालीन बिछा हुआ था। वे भी उसके सामने कालीन पर पलौथी मारकर बैठ गए।

वह मुसकराता हुआ बोला,

"राजन-इक़बाल का मैं यहां स्वागत करता हूं।"

"शुक्रिया।" राजन बोला।

"यहां तक पहुंचने में कोई दिक्कत तो पेश नहीं आई?"

"नहीं।"

"तुम दोनों को यहां आने के लिए तकलीफ देनी पड़ी, इसके लिए क्षमा चाहता हूं।"

"मैं पुलिस की नज़रों में नहीं आना चाहता था। इंस्पेक्टर नोचान तुम लोगों की निगरानी करवा रहा है।"

"वह तो हम जानते हैं, इसलिए उसके चमचे को डोज देकर यहां तक पहुंचे हैं।"

इक़बाल बोला, "क्यों न अब काम की बात की जाए?"

वह कुछ क्षण खामोश रहा, फिर बोला,

"मैंने पूरी ख़ोज-बीन की है, जिसके बाद मालूम हुआ कि वह कोमाल टाऊन में कहीं रह रहा है।"

"जगह का पता तो होगा?" राजन ने पूछा।

"नहीं"

"वहां का नक्शा तो आप के पास होना चाहिए?"

"हां; लेकिन म्यांमारी भाषा में है। क्या तुम लोग म्यांमारी भाषा जानते हो?"

"जिस देश में हम पहुंच जाते हैं, उस देश की भाषा जान ही लेते हैं।" इक़बाल झट से बोला।

"कैसे?"

"हमारे दिमाग में कम्प्यूटर लगे हैं।"

इक़बाल ने कुछ इस ढंग से कहा कि वह हंस पड़ा, फिर उसने आलमारी में से एक नक्शा निकालकर उसके सामने फैला दिया। काफी देर तक वे उस नक्शे को समझते रहे।

नक्शा देखने के बाद राजन बोला,

"तो पहाड़ी से घिरे हुए इस टाऊन में प्रोफेसर रमाकान्त देसाई को कहीं रखा गया है?"

"हां।"

"आपने अपना नाम नहीं बताया।"

"कोमान।"

"कोई और खास बात मालूम हो, तो वह भी बता दीजिए।"

"कुछ और खास देशों के एजेंट भी यहां पहुंच चुके हैं।

"मतलब?"

"फिंगही व डाक्टर डारकेन।"

"बल्ले ही बल्ले?" इक़बाल लय में बोला,

"तो देश अब अन्तर्राष्ट्रीय अपराधियों से भी सहायता लेने लगे।"

"यह तो वही जानें। मुझे जो जानकारी है बता रहा हूं। मार्शल नोस्तोव व नूर खां भी पहुंच चुके हैं।"

"तो मेंढकियों को भी जुकाम होने लगा।"

"नूर खां बड़ी खूंख़ार व सबसे खतरनाक जासूस है। शायद वह सबको मारकर शिकार अपने साथ ले जाना चाहता है।"

"चिन्ता मत करो। हम मुर्गा बनाकर उसकी मूछे कतर देंगे।"

"कोमान अंकल!" राजन ने पूछा,

"उस टाऊन में जाकर हम प्रोफेसर देसाई को कैसे तलाश करेंगे?"

"वहां मेरा एक साथी है। मैं वायरलेस द्वारा उसे आदेश दे दूंगा। वह आपकी सहायता करेगा।"

"लेकिन वह हमें पहचानेगा कैसे?"

"इसकी तुम चिंता मत करो। जो व्यक्ति तुमसे आकर कहे,

'कोमान बौद्ध मंदिर कैसा' है? वही मेरा आदमी होगा।"

"ठीक है।"

"काम होने के बाद यहां से भागने का प्रबन्ध कैसा होगा?"

"अगर प्रोफेसर को तुम लोगों ने स्वतंत्र करा लिया, तो भागने का प्रबन्ध मैं कर दूंगा; लेकिन खुलकर मैं तुम दोनों की सहायता नही कर सकूंगा, क्योंकि मुझे यहीं रहना है और मैं यहां की पुलिस की नज़रों में नहीं आना चाहता।"

"कोई बात नहीं, इतनी सहायता ही बहुत है। अगर आप एक कार का प्रबन्ध करा दें, तो मजा आ जाए।"

"प्रबन्ध हो जाएगा।"

टोमकान के साथ राजन-इक़बाल

इसके बाद कोई बात नहीं हुई और वे उससे विदा लेकर बाहर आ गए।

दोनों जब होटल में अपने कमरे के पास पहुंचे, तो चौंक उठे। दरवाजे में एक झिरी उत्पन्न हो गई थी, जिसमें से प्रकाश छनकर बाहर आरहा था।

"इक़बाल ! खतरा !"

"खतरे के लिए हम खतरा बन जाते हैं। खतरा अपने आप खतरे को देखकर और खतरा समझकर भाग जाएगी।"

कहने के साथ ही इक़बाल ने जेब से रिवाल्वर निकाला। झटके से दरवाज़ा खोलकर अन्दर प्रविष्ट हो गया और गुर्राते हुए बोला,

"बेटे ! तुम जो कोई भी हो, हाथ ऊपर उठाकर मुर्गा बन जाओ, वरना गरमा-गरम गोली खिला दूंगा।"

एक व्यक्ति कुर्सी पर बैठा था। उसकी पीठ उन्हीं की तरफ थी। कुर्सी घुमाकर जब वह पलटा तो दोनों चौंक उठे।

इक़बाल बोल पड़ा, "पहलवानजी आप ?"

वह वही पहलवान था, जिसे इंस्पेक्टर नोचान ने उनके पीछे लगाया था।

"बैठ जाओ।"

"दोनों झट से सोफे पर बैठ गए। इक़बाल ने रिवाल्वर जेब में रख लिया था।

"मुझे टोमकान कहते है। इंस्पेक्टर नोचान ने मुझे तुम लोगों की सुरक्षा के लिए नियुक्त किया है।"

"आप जैसा पहलवान जब हमारे साथ हो, तो किसी की क्या मज़ाल जो हमें हाथ भी लगा सके। इसी खुशी में हाथ तो मिलाइए।"

इक़बाल का हाथ उसने अपने हाथ में थाम लिया। इक़बाल को ऐसा लगा, जैसे किसी शिकंजे में उसके हाथ को कस दिया गया हो। हलकी-सी कराहट उसके कण्ठ से निकल गई।

हसते हुए टोमकान ने इक़बाल का हाथ छोड़ दिया। फिर बोला,

"तुम लोग मुझे धोखा देकर निकल गए थे। यह बहुत बुरी बात है। अगर तुम लोगों को कुछ हो जाता, तो नोचान मेरी गर्दन उड़ा देता।"

"इतनी मोटी गर्दन उड़ाने के लिए लगभग एक क्विंटल भारी तलवार चाहिए और इतनी भारी तलवार आज तक बनी ही नहीं, इसलिए पहलवान जी! आप चिंता न करें। आपकी गर्दन सुरक्षित रहेगी।"

वह फिर हंस पड़ा,

राजन उसे क्रोधित निगाहों से निहार रहा था।

'फिंगही'।

विश्व का कुख्यात अपराधी। एक देश ने उसकी सेवाएं प्राप्त की थी। इस शर्त पर कि जब भी वह चाहेगा, उसे इस काम के लिए भारी रकम दे दी जाएगी। उस देश की सरकार का विश्वास था कि प्रोफेसर रमाकान्त देसाई को लाने में फिंगही के सिवा और कोई जासूस सफल नहीं हो सकता। इस काम के लिए उसे पचास लाख डालर दिए गए थे, जिसे फिंगही ने एडवांस में प्राप्त कर लिया था।

उसे यह भी मालूम था कि राजन व इक़बाल के अलावा डाक्टर डारकेन, मार्शल नोस्तोव व नूर खां भी वहां पहुंच चुके हैं। राजन-इक़बाल के सिवा उसे और किसी का डर नहीं था, लेकिन तब भी उसे हर कदम सोच-समझकर उठाना था।

होटल वोल्गा रंगून को सबसे शानदार होटल था। वहां से खाना खाकर जब वह बाहर निकला, तो पूरी तरह सतर्क था। तभी वह चौंका, उसे एक कार में कुछ हलचल दिखाई दी थी।

खतरा! फिंगही के ज़ेहन में खतरे का सिगनल बज उठा। उसने तुरंत एक कार की आड़ में छलांग लगा दी। उसकी किस्मत बहुत अच्छी थी, जो वह बच गया, क्योंकि उसी क्षण स्टेनगन से उस जगह गोलियों की बौछार हुई थी, जहां वह खड़ा था।

हाल से दो युवतियां बाहर निकल रहीं थी। दोनों के जिस्म गोलियों से

छलनी हो गए। कार रुकी नहीं, तीर की तरह फाटक से बाहर निकलती चली गई।

पुलिस के चक्कर में पड़ना फिंगही में उचित नहीं समझा और वह तुरन्त फूट लिया। अपने होटल में पहुंचकर उसने इंस्पेक्टर नोचान को फोन करके बुलाया।

उसे पहले ही बता दिया गया था कि म्यांमार में उसकी हर प्रकार से सहायता की जाएगी, लेकिन इस तरह से कि किसी दूसरे देश को मालूम न हो सके।

थोड़ी देर बाद नोचान उसके सामने सोफे पर बैठा हुआ था।

"इंस्पेक्टर! थोड़ी देर पहले मुझे जान से मारने की कोशिश की गई थी।"

"मुझे मालूम है।"

"शायद यह काम नूर खां, मार्शल नोस्तोव या डाक्टर डारकेन का हो सकता है।"

"राजन-इक़बाल भी तो हो सकते हैं।"

"नहीं, वह ऐसा काम नहीं कर सकते। वे लोग मुझे मामा कहते हैं। अगर वे ऐसा करते भी तो सामने आकर वे धोखे से वार नहीं कर सकते।"

"हम आपकी सुरक्षा का कड़ा प्रबन्ध कर देंगे"।

"मुझे अपनी सुरक्षा करनी खुद आती है। इसकी तुम चिंता मत करो। मुझे प्रोफेसर देसाई के बारे में जानकारी चाहिए।"

"वह इस समय कोमाल टाऊन में नहीं है। लायड ने उन्हें वहां किस जगह रखा, इसका पता नहीं।"

"वहां तक कैसे जाया जा सकता है?"

"रेलगाड़ी या विमान वहां तक नहीं जाते, बसें जाती हैं।"

"तब तुम मेरे लिए एक यान्त्रिक कार का प्रबन्ध कर दो, ताकि मैं दुश्मनों को मात देता हुआ वहां आसानी से पहुंच सकूं।"

"ठीक है। प्रबन्ध हो जाएगा।"

फिंगही ने एक सिगरेट सुलगाई और उसका धुआं छोड़ता हुआ बोला, मैं एक बात सोच रहा हूं।"

"क्या ?"

"तुम लायड को गिरफ्तार करके प्रोफेसर रमाकान्त देसाई को मुझे क्यों नहीं सौंप देते।"

"शायद आप नहीं जानते, इस केस में म्यांमार की स्थिति कितनी नाज़ुक है। भारत म्यांमार का एक अच्छा मित्र है, ऐसा करके हमारे भारत से सम्बन्ध खराब हो जाएंगे, जो हम नहीं चाहते; लेकिन तुम्हारी हम सहायता भी कर रहे हैं। हमारी कोशिश है कि प्रोफेसर तुम्हारे हिस्से में आए। भारत उन्हें प्राप्त करने के लिए अपनी तरफ से कोशिश कर सकता है। बाकी देशों से इसे कोई मतलब नहीं, इसलिए हमने मैदान खुला छोड़ दिया है, ताकि म्यांमार के हितों पर कोई आंच न आए और जो चाहे प्रोफेसर को ले जाए।"

कहने के बाद वह हंस पड़ा। उसके चांदी के दांत चमक उठे, फिर वह बोला,

"लेकिन यह निश्चित है कि प्रोफेसर को राजन-इक़बाल या आप ही अपने साथ ले जा सकेंगे। राजन-इक़बाल की निगरानी के लिए मैंने एक मज़बूत आदमी लगा दिया है, टोमकान। वह उनके मार्ग में रुकावट खड़ी करने के साथ उनकी सुरक्षा भी करता रहेगा।"

"ठीक है।"

मार्शल नोस्तोव का आदेश था कि अगर प्रोफेसर को नीलामी द्वारा प्राप्त करने में कठिनाई हो, तो जैसे भी हो प्रोफेसर देसाई को अपने साथ लेकर आए।

रंगून में आते ही उसने-अपने सूत्रों द्वारा मालूम कर लिया था कि लायड का अड्डा कोमाल टाऊन में कहीं है। प्रोफेसर को उसने वहीं रखा हुआ है। उसे यह भी मालूम था कि उन्हें प्राप्त करने के लिए डॉक्टर डारकेन, फिंगही, नूर खां व राजन-इक़बाल भी वहां पहुंच चुके हैं। सभी धाकड़ आदमी थे।

इंस्पेक्टर नोचान के साथ डॉक्टर डारकेन और फिंगही,

मुकाबला तगड़ा था। बिना किसी को साथ मिलाए आगे नहीं बढ़ा जा सकता था।

होटल के कमरे में बैठा वह यही सब बातें सोच रहा था कि तभी फोन की घण्टी बज उठी। उसने फोन की तरफ देखा, फिर रिसीवर उठाकर बोला, "हैलो कौन?"

"तुम्हारी आवाज़ मैंने पहचान ली है मार्शल! तुम मार्शल नोस्तोव हो।"

"अपना परिचय दो।"

"खाकसार को नूर खां कहते है।"

"कैसे हो?"

"जर्रा नवाज़ी है।"

"कहो, क्या बात है?"

मुकाबला बहुत तगड़ा है मार्शल। अकेले-अकेले शायद हम अपनी खिचड़ी नहीं पका सकेंगे।

"क्या कहना चाहते हो?"

"इस बन्दे की एक सलाह है। अगर हम दोनों मिलकर काम करें, तो कामयाबी ज़रूर हमारे पैर चूमेगी।"

"सलाह तो अच्छी है।"

"तो फिर हमारे ग़रीबख़ाने पर तशरीफ ले आइए। बैठ कर आगे के बारे में स्कीम बना लेते हैं।"

"कोई चालाकी तो नहीं करोगे?"

"इतने बड़े जासूस के साथ यह छोटा-सा जासूस चालाकी करने की गुस्ताखी कैसे कर सकता है? अगर मुझे चालाकी ही करनी होती, तो दूसरे ढंग से भी कर सकता था।"

"ठीक है। अपना पता बताओ। मैं आ रहा हूं।"

नूर खां ने पता बता दिया।

मार्शल नोस्तोव टैक्सी द्वारा वहां पहुंचा, जहां का पता नूर खां ने बताया

था। बिल चुकाकर जैसे ही वह इमारत में पहुंचा, एक व्यक्ति उसे दिखाई दिया।

उसे देखते ही वह सिर झुकाकर बोला, "मार्शल को हम यहां इस्तकबाल करते हैं।"

"नूर खां कहां हैं?"

"अन्दर आपका ही इन्तज़ार कर रहे हैं। तशरीफ लाइए।"

मार्शल उसके साथ हो लिया। एक कमरे में पहुंचकर वह बोला,

"बैठिए। नूर खां अभी आते है।"

मार्शल सोफे पर बैठ गया। उस व्यक्ति के बाहर निकलते ही दरवाज़ा बंद हो गया। उसके मस्तिष्क में एकदम से ख्याल आया। कहीं वह नूर खां के जाल में तो नहीं फंस गया है? वह बड़ा धूर्त है, मार्शल अच्छी तरह जानता था।

उठकर वह दरवाजे के पास पहुंचा और धक्का देकर देखा, दरवाज़ा बाहर से बन्द था। उसे विश्वास हो गया कि वह फंस गया है।

तभी उसे आवाज़ सुनाई दी,

"मार्शल नोस्तोव! तुम इतने बेवकूफ होंगे, मैं नहीं जानता था। मैं तो सोच रहा था, तुम्हें फंसाने के लिए शायद मुझे ऐड़ी-चोटी का जोर लगाना पड़े। तुम तो आसनी के साथ फंस गए।"

"धोखेबाज! नीच!"

नोस्तोव ने दांत पीसते हुए कहा, फिर फुर्ती के साथ जेब से रिवाल्वर निकालकर उस सूराख पर फायर कर दिए, जिसमें उसे नूर खां का चेहरा दिखाई दिया था।

कुछ गोलियां सूराख में घुस गई, कुछ दीवार से टकराकर बेकार हो गईं। दूसरे ही क्षण वह सूराख बन्द हो गया।

नोस्तोव अपनी मूर्खता पर खुद को ही कोसने लगा, फिर उसने दरवाजे पर टक्कर मारनी शुरू कीं; लेकिन दरवाज़ा मज़बूत था, टूटा नहीं। तभी वह चौंक उठा। छत में एक सूराख था। उसमें से सफेद धुआं कमरे में भर रहा था। धुआं नाक व मुंह में जाते ही वह खांसने लगा।

मार्शल नोस्तोव के साथ बाते करते हुए नूर खां

तब उसे मालूम हुआ कि ज़हरीले धुएं द्वारा दम घोटकर उसे मारा जा रहा है।

"नहीं।"

वह चिल्लाया, फिर पूरी ताकत से कन्धे के द्वारा वार करने लगा।

उसका दम घुट रहा था। साथ में वह सोचता भी जा रहा था। कमरे में सफेद धुआं भर गया था। एक बार के वार ने दरवाज़ा तोड़ दिया और वह दरवाजे के साथ बाहर जाकर गिरा। उठने की कोशिश की, लेकिन उठ नहीं सका।

नूर खां पास ही खड़ा था। उसने एक भयंकर अठास लगाया और रिवाल्वर से गोलियां दाग दीं। दोनों गोलियां उसकी खोपड़ी में समा गई। फायरिंग की आवाज़ नही हुई, क्योंकि उसमें साइलेंसर फिट था।

मार्शल नोस्तोव का शरीर एक बार तड़पा, फिर शांत हो गया।

नूर खां बुदबुदाया, "एक रोड़ा साफ हुआ। बाकी को भी साफ़ करके मुझे लायड से निपटना है और फिर प्रोफेसर रमाकान्त मेरे कब्जे में होगा।"

"एक बात मैं तुम दोनों को बता देना चाहता हूं। इंस्पेक्टर नोचान ने मुझे तुम लोगों की सुरक्षा के लिए नियुक्त किया है, इसलिए अब मुझे धोखा देने की कोशिश मत करना।"

राजन-इक़बाल ने अनुभव किया कि टोमकान के स्वर में सख्ती है। तब भी राजन बोला, अगर हम धोखा देने की कोशिश करें तो?"

"तुम लोगों को मालूम होना चाहिए, यहां तुम्हारी जान को भारी खतरा है। कई देशों के जासूस यहां मौजूद हैं। तुम लोगों को अगर कुछ हो गया तो हम भारत को मुंह दिखाने के काबिल नहीं रहेंगे।"

"चिन्ता मत करो। हम तुम्हें मुंह दिखाने के काबिल ही रखेंगे।

"क्या मतलब?"

"यानी तुम हमारे साथ चिपके रह सकते हो।"

वह ही-ही करके हंस पड़ा।

"लेकिन सवेरे तक तुम्हें हमारे लिए एक कार का प्रबन्ध करना होगा।"

"क्यों?"

"जिस काम के लिए हम आए हैं, उसे तो पूरा करना ही है। यानी सवेरे हम कोमाल टाऊन के लिए रवाना होंगे।"

"ठीक है, प्रबन्ध हो जाएगा।"

सवेरे दोनों ने टोमकान के साथ नाश्ता किया, फिर वे लोग कार द्वारा कोमाल के लिए रवाना हो गए।

राजन कार ड्राइव कर रहा था। इक़बाल उसकी बगल में व टोमकान पिछली सीट पर बैठा था। कोमाल के लिए दो रास्ते जाते थे। एक रास्ता लंबा था। एक छोटा राजन ने लम्बे रास्ते को चुना था।

उसका विचार था कि उस तरफ खतरा नहीं होगा। सब लोग यही सोचेंगे कि वह छोटे मार्ग को ही चुनेगा। उस रास्ते पर उनके स्वागत के लिए अवश्य तैयारियां की गई होंगी।

उन्होंने लगभग आधा रास्ता तय कर लिया; लेकिन कोई घटना नहीं घटी। वहां एक छोटे रेस्तरां में उन्होंने हलका भोजन किया, चाय पी, फिर आगे के लिए चल पड़े। आगे पूर्णतया पहाड़ी रास्ता था।

कहीं ढलान, कहीं चढ़ाई, कहीं चक्करदार सड़क थी। पहाड़ की चोटियां बर्फ से ढंकी थीं। बड़े सुन्दर प्राकृतिक दृश्य थे। सड़क के एक तरफ पहाड़ तथा दूसरी तरफ गहरी खाइयां थीं।

कुछ और आगे जाकर दो गहरे मोड़ थे। टोमकान ने राजन को दाई तरफ मुड़ने के लिए कहा। जैसे ही उसने कार उस तरफ मोड़ी, उन्हें सड़क पर एक ट्रक खड़ा दिखाई दिया।

टोमकान चिल्लाया, "राजन! खतरा!"

राजन ने भी खतरे को भांप लिया था, लेकिन कार रोकना उस समय ठीक नहीं था। ट्रक के पिछली तरफ कार के निकलने योग्य जगह थी। राजन ने बहुत बड़ा खतरा मोल लिया था। कार उस रिक्त स्थान से तीर की तरह निकली; लेकिन ट्रक ने गति पकड़ ली थी। वह पीछे की तरफ हटा।

ट्रक का पिछला हिस्सा कार के पिछले हिस्से से टकराया।

कार का बैलेंस बिगड़ा। वह तेज़ी से खाई की तरफ लपकी। टोमकान व इक़बाल ने मौत को इतने करीब देखकर आंखें बन्द कर लीं; लेकिन राजन ने अपने होश नहीं खोए। उसने तेजी के साथ स्टेयरिंग को मोड़ा। कार मुड़कर पहाड़ की तरफ लपकी। संभव था कि कार किसी बड़ी चट्टान से टकरा जाती उससे पहले ही राजन ने थोड़ा-सा स्टेयरिंग मोड़ दिया था।

कार सीधी सड़क पर दौड़ने लगी।

इक़बाल ने आंखें बन्द किए हुए ही पूछा,

"राजन क्या हम जिन्दा हैं ?"

"हां।"

दोनों ने आंखें खोल दीं, फिर टोमकान चैन की सांस लेता हुआ बोला, "राजन ! सचमुच तुम जैसी ड्राइविंग मैंने आज तक नहीं देखी।"

"तब तो तुम्हारी किस्मत खराब है पहलवान जी !"

इक़बाल जल्दी से बोला।

"कैसे ?"

"मैं होता तो कार को ट्रैक के ऊपर से उड़ाकर ले जाता।"

"एक दिन तुम्हारी भी ड्राइविंग देखूंगा।"

"अवश्य देखना। तुम्हारा मोटापा अवश्य कम हो जाएगा।"

"आगे ढलान शुरू हो गई और वह ट्रक मौत बना उनके पीछे चला आ रहा था।

राजन बोला "टोमकान ! मौत ने अभी भी हमारा पीछा नहीं छोड़ा।"

"अगर उसे रोका नहीं गया, तो वह हमारी कार को कुचलता हुआ निकल जाएगा।"

कहने के साथ ही उसने जेब से रिवाल्वर निकाल लिया।

उसी समय एक फायर हुआ और गोली कार के पिछले हिस्से से टकराका बेकार हो गई। दूसरी गोली कार का शीशा तोड़ती हुई निकल गई।

टोमकान ने भी फायर किया; लेकिन गोली सड़क से टकराकर रह गई। इक़बाल ने भी रिवाल्वर निकालकर फायर कर दिया। गोली दाएं तरफ

वाले पहिए के टायर में लगी। एक धमाका हुआ और टायर फट गया।

ट्रक का बैलेंस बिगड़ गया। ड्राइवर ने ट्रक को संभालने की कोशिश की; लेकिन संभाल नहीं सका। ट्रक उलट गया और खाई में जा गिरा

"राम-नाम सत्य है। मुर्दे सुसरे खाई में जाकर मस्त हैं।"

इक़बाल ने बाकायदा लय में कहा।

"राजन !" टोमकान बोला।

"किस्मत अच्छी थी जो बच गए।"

"इस बार बच गए हैं।"

राजन मुस्कराता हुआ बोला,

"जरूरी नहीं कि अगली बार बच सकें। इसलिए हमारी सलाह मानों और वापस लौट जाओ।"

"अब तुम लोगों के साथ ही जीना-मरना लगा है।"

"ठीक है, जैसी तुम्हारी इच्छा।"

कोमाल टाऊन एक पर्यटक स्थल था। जो चारों तरफ से ऊंचे-नीचे पहाड़ों से घिरा हुआ था। कई जगह खूबसूरत पार्क बने हुए थे। एक पार्क में से नहर भी निकाली गई थी, जिसमें लोग बोटिंग करते थे। वहां एक दर्जन छोटे-बड़े होटल भी थे।

एक अच्छे होटल में उन्होंने कमरा बुक करवाया। कमरे में ही डिनर लिया, फिर इक़बाल ने पूछा,

"पहलवान जी ! अब तुम्हारा क्या प्रोग्राम है ?"

"अपन तो तुम लोगों के साथ जुड़े हुए हैं, जो प्रोग्राम बनाओगे, उसमें शामिल हो जाएंगे। तुम लोगों की सुरक्षा का भार मेरे ऊपर ही है।"

"यहां से टलने का क्या लोगे ?"

"टलने का कोई सवाल ही उत्पन्न नहीं होता।"

"ठीक है, जमे रहो, हम लोग तो सोने जा रहे हैं, क्यों राजन ?"

"हां, बड़ी नींद आ रही है।"

राजन ने उबासी लेते हुए कहा और पलंग पर लेट गया।

इक़बाल तो लेटने के कुछ क्षणों बाद ही खर्राटे लेने लगी। टोमकान कुछ क्षण उन्हें देखता रहा, फिर कमरे से बाहर निकल गया। थोड़ी देर बाहर खड़ा रहा, फिर अन्दर झांक कर देखा, दोनों सो रहे थे।

दरवाज़ा बन्द करके वह नीचे हाल में आ गया। काउंटर पर जाकर उसने रिसीवर उठाया और पास के होटल के नंबर घुमाए।

दूसरी तरफ से घण्टी बजी, फिर स्वर उभरा,

"फिंगही स्पीकिंग।"

"मैं टोमकान बोल रहा हूं।"

"क्या रिपोर्ट है?"

"राजन-इक़बाल होटल गेशी में ठहरे हैं। इस समय सो रहे हैं।"

"तुम कहां से बोल रहे हो?"

"यहीं से।"

"वह यहां सोने नहीं, काम करने आए हैं। तुम जैसे मौटे को मूर्ख बनाना उनके लिए कठिन नहीं था। वापस कमरे में जाकर देखो, फिर रिपोर्ट दो।" कहने के बाद फिंगही ने सम्बन्ध काट दिया।

टोमकान ने रिसीवर क्रेडिल पर रखा फिर वापस कमरे में पहुंचा, तो बुरी तरह चौंक उठा। राजन-इक़बाल गायब थे। ऐश-ट्रे के नीचे एक पर्चा दबा था, जिसमें लिखा था,

"मोटे पहलवान! टा...टा...बाय...बाय?"

वह क्रोध से भिन्ना उठा।

फिंगही के लिए कार का प्रबन्ध कर दिया गया था। वह कार द्वारा छोटे रास्ते से ही कोमाल टाऊन जा रहा था। कार पूरी तरह यांत्रिक थी। उसे किसी प्रकार का डर नहीं था।

फिंगही भयभीत नहीं था। उसने कार ट्रक से थोड़ी दूरी पर रोक दी और कार की खिड़कियों के शीशे चढ़ाकर इतमीनान से एक सिगरेट सुलगाई और हलके-हलके कश खींचने लगा।

तभी ट्रक में से आठ व्यक्ति उतरे। दो व्यक्तियों के हाथों में स्टेनगनें

व बाकी छः के हाथों में रिवाल्वर थे। करीब आकर उन्होने विंडस्क्रीन पर फायरिंग शुरू कर दी। गोलियां उससे टकराकर वहीं गिर पड़ीं।

बदमाशों को आश्चर्य हुआ, लेकिन उस समय उनका आश्चर्य बढ़ गया, जब खिड़की के शीशे को उन्होंने तोड़ने की कोशीश की, लेकिन वह नहीं टूटे। फिंगही ने कार आगे बढ़ाकर डशबोर्ड में लगा दिया, फिर कार के पिछले हिस्से से दो नालें उभरीं और उनसे गोलियों की बारिश शुरू हो गई।

कई बदमाश गोलियों से छलनी हो गए, जो बचे थे, वे भाग खड़े हुए। जब उसकी कार ट्रक के पास से निकली, तो उसने फिर फायरिंग की। ट्रक के पहिए धमाके के साथ फट गए।

इस खतरे के बाद फिर कोई खतरा उत्पन्न नहीं हुआ। वह सही-सलामत कोमाल टाऊन पहुंच गया। वहां पहले ही एक होटल में इंस्पेक्टर नोचान ने उसके लिए कमरा बुक करवाया हुआ था।

अपने कमरे में पहुंचकर उसने डिनर लिया। तभी दरवाजे की कालबेल बज उठी। रिवाल्वर जेब से निकालकर उसने हाथ में पकड़ लिया और बोला,

"कम इन।"

दरवाज़ा खुला और डाक्टर डारकेन अन्दर प्रविष्ट हुआ।

उसे देखकर वह चौंककर खड़ा हो गया, "तुम?"

"हां। रिवाल्वर जेब में रख लो फिंगही! मैं एक दोस्त की हैसियत से आया हूं।"

डारकेन उसके सामने सोफे पर बैठता हुआ बोला।

फिंगही ने रिवाल्वर जेब में रखा, फिर सोफे पर बैठता हुआ बोला, "कहो, क्या चाहते हो?"

"यह तो तुम्हें भी मालूम है। हम दोनों यहां एक ही काम से आए हैं।"

"हां।"

"फिर क्यों न हम एक साथ मिलकर काम करें।"

"यह क्यों भूल जाते हो कि प्रोफेसर रमाकांत को प्राप्त करने के लिए

कुछ और लोग भी यहां आए हुए हैं।"

"मार्शल नोस्तोव तो मारा जा चुका है। पुलिस उसके कत्ल के जुर्म में नूर खां की जोर-शोर से तलाश कर रही है। वह बच नहीं सकेगा। रह गए राजन-इक़बाल। उन्हें हम आसानी से काबू में कर लेंगे। नूर खां कहीं दिखाई दिया, तो उसे गोली मारने में हम नहीं हिचकेंगे।"

"सबसे कठिन तो राजन-इक़बाल को काबू में करना है।"

"हम दोनों मिलकर उसे काबू में कर लेंगे।"

"उसके बाद?"

"रह जाता है विकेन लायड, जिसके कब्ज़े में प्रोफेसर है। दोनों मिलकर उसे खत्म करके प्रोफेसर को प्राप्त कर लेंगे।"

"लेकिन दोनों में से प्रोफेसर को ले कौन जाएगा?"

फिंगही ने पूछा।

"कोई नहीं। हमें रकम से मतलब है।"

"क्या मतलब?"

"हमें अलग देशों ने भारी रकम देकर नियुक्त किया है। हम उन्हें मूर्ख बनाकर सब कुछ हड़प लेंगे।" डाक्टर डारकेन बोला।

"अपनी बात स्पष्ट करो।"

"दोनों देशों के सामने हम प्रोफेसर की नीलामी करेंगे, जो ज़्यादा रकम देगा, उसे आधी-आधी बांट लेंगे।"

"ठीक है। मुझे मंजूर है।"

तभी फोन की घण्टी बज उठी। रिसीवर उठाकर वह बोला,

"फिंगही!"

"मैं वही हूं, जिससे मिलने तुम लोग आए हो। यानी लायड।"

"कहो।"

"क्यों न सोदे की बात की जाए?"

"इस समय डाक्टर डारकेन भी हमारे साथ हैं। हमारे कमरे में आ जाओ। बात हो जाएगी।"

"मैं हाल में तुम लोगों का इंतजार कर रहा हूं। हाल में ही आ जाओ।"

"ठीक है। हम आ रहे हैं।"

फिंगही ने रिसीवर क्रेडिल पर रखा और डारकेन को सारी बात बता दी। वह भी तैयार हो गया।

थोड़ी देर बाद दोनों नीचे हाल में लायड के सामने बैठे हुए थे। लायड लगभग साढ़े छः फीट लम्बा-तगड़ा व्यक्ति था। बाल छोटे-छोटे और धुंघराले थे।

लायड ने तीनों के लिए काफी मंगवा ली, फिर कप से एक घूट भरता हुआ लायड बोला,

"यह तो तुम लोग जानते ही हो कि प्रोफेसर रमाकान्त देसाई मेरे कब्ज़े में है।"

"जानते हैं।" डारकेन बोला।

"इन बातों को छोड़कर तुम यह बताओ कि तुम्हें प्रोफेसर के बदले कितनी रकम चाहिए?" फिंगही बोला।

"तुम लोग क्या दे सकते हो?"

"माल तुम्हारा है। दाम भी तुम बताओ।"

"लेकिन माल तो तुम दोनों में से एक ही खरीदेगा?"

"तुम इसकी चिन्ता मत करो कि कौन खरीदेगा। तुम दाम बताओ।"

"एक अरब डालर।"

"लायड! बहुत ऊंची उड़ाने उड़ रहे हो।"

"माल भी तो ऊंचा है। जिस देश के पास पहुंच जाएगा, वह सारी दुनिया का बादशाह बन जाएगा।"

"लेकिन पचास हज़ार डालर से ज़्यादा नहीं दिया जा सकता।" फिंगही बोला।

"और तुम क्या कहते हो?"

"मै भी इससे ज़्यादा नहीं दे सकता।" डारकेन बोला।

लायड के साथ बातें करते हुए फिंगही और डारकेन

"तब तो मुझे मार्शल से बात करनी पड़ेगी।"

"शायद तुम जानते नहीं कि मार्शल नोस्तोव मारा जा चुका है।"

"तो क्या हुआ? उसकी जगह कोई दूसरा आदमी आ जाएगा। सौदा तो बहरहाल उन्हें करना ही है।"

"लायड! मुझे फिंगही कहते हैं। अच्छी तरह समझ लो।"

"और मुझे डाक्टर डारकेन कहते हैं। सारी दुनिया के तुम जैसे लोग मुझे जानते हैं।"

"मुझे मालूम है।"

"हमसे दुश्मनी मोल लेना ठीक नहीं।" फिंगही गुर्राया।

"लायड किसी से नहीं डरता।"

कहने के बाद वह जैसे ही उठने लगा फिंगही बोला,

"बैठ जाओ, यहां तुम आए थे अपनी मर्जी से, जाओगे हमारी मर्जी से।"

"क्या मतलब?"

"जब तक प्रोफेसर रमाकान्त हमारे कब्ज़े में नहीं आ जाते, तब तक तुम यहां से नहीं जा सकते।"

लायड ने एक अट्‌ठहास लगाया, फिर बोला,

"तुम लोग क्या समझते थे, मैं अपनी सुरक्षा का प्रबन्ध किए बिना आ जाऊंगा। इस समय हाल में डेढ़ दर्जन मेरे ही व्यक्ति मौजूद हैं। मेरे एक ही इशारे पर तुम दोनों के शरीर छलनी कर सकते हैं।"

"ऐसी धमकियों से हम डरने वाले नहीं?"

लायड ने हाथ से इशारा किया। हाल में लगभग चालीस व्यक्ति मौजूद थे, उनमें से अठारह व्यक्ति उठकर खड़े हो गए। सभी के हाथों में रिवाल्वर चमक रहे थे।

फिंगही व डारकेन ने एक-दूसरे की तरफ देखा। लायड उन्हें इस तरह मात दे देगा, यह उन्होंने सोचा भी नहीं था। समय की नजाकत को फिंगही ने समझा और वह फीकी हंसी हंसता हुआ बोला,

"लायड! सचमुच हम तुमसे प्रभावित हुए। हम तो तुम्हारी परीक्षा ले रहे थे। परीक्षा में तुम खरे उतरे हो, क्यों डारकेन?"

"हां।"

"एक अरब डालर बहुत होता है, इसके लिए हमें अपने नियुक्त करने वालों से सलाह लेनी होगी।"

"ठीक है, तुम लोग सलाह लो। मैं इन्तजार कर लूंगा; लेकिन अगर तुम लोगों ने मुझे धोखा देने की कोशिश की, तो दोनों की लाशें तड़पती नज़र आएंगी।"

उन दोनों भयानक अंतर्राष्ट्रीय अपराधियों को लायड धमकी देकर जा रहा था और वे उसका कुछ भी नहीं बिगाड़ पा रहे थे।

दोनों खून का चूंट पीकर उसे जाते हुए देखते रहे। वह अपने साथियों के साथ हाल से बाहर निकल गया।

हाल में बैठे व्यक्ति बुरी तरह भयभीत हो उठे थे। वे एक-एक करके वहां से खिसकने लगे।

"डारकेन!"

"हूं।"

"लायड तो हमारा भी बाप निकला।" फिंगही बोला।

"चिन्ता मत करो। हम अब उसको भी बाप बनकर दिखाएंगे, चलो, बाहर चलें और अभी से काम शुरू कर दें।"

"चलो।"

दोनों उठकर बाहर निकल गए।

लायड जैसे ही पार्किंग में अपनी कार के पास पहुंचा, उसे एक स्वर सुनाई दिया, "मैं तुम्हारा ही इन्तजार कर रहा था लायड।"

लायड ने घूमकर देखा। एक कार की आड़ में उसे एक व्यक्ति दिखाई दिया, जिसकी दाढ़ी बकरे की तरह थी। वह शाही चाल चलता हुआ उसके पास आ गया।

"तो तुम नूर खां हो?"

"यानी मुझे पहचानते हो?"

"फायदे के लिए सबकी पहचान रखनी पड़ती है। कहो क्या चाहिए?"

"प्रोफेसर रमाकान्त देसाई।"

'मेरी तो समझ में नहीं आता कि तुम जैसा आदमी भी इस सौदेबाज़ी में उतर पड़ेगा। तुम्हारे पास है क्या? और तुम्हें नियुक्त करने वाले क्या देसाई का दाम चुका सकेंगे?"

"कीमत बताओ तुम। बस, मैं और कुछ नहीं सुनना चाहता"

"एक अरब डालर।"

"इतना मुंह, मत फाड़ो कि फट जाए।"

"जाओ, पहले भीख मांगकर एक अरब डालर एकत्रित कर लो, फिर मेरे पास आना।"

"तुम इस तरह गाली दे रहे हो?" नूर खां गुर्राया।

"तो क्या थाली में सजाकर पूजा करूं? कौड़ी जेब में नहीं, चले आए खरीदारी करने।"

"मैं तुम्हें एक कौड़ी भी नहीं दूंगा और प्रोफेसर रमाकान्त को अपने साथ ले जाऊंगा, क्या समझे?" कहने के साथ ही नूर खां ने जेब से रिवाल्वर निकाल लिया।

लायड ने एक अट्ठहास लगाया और फिर बोला, "तुम मार्शल नोस्तोव को धोखे से खत्म कर सकते हो, मुझे नहीं। मेरा नाम वीकेन लायड है। अपने पीछे देखो, कितने रिवाल्वर तुम्हारी तरफ तने हुए हैं!"

नूर खां ने पीछे पलटकर देखा, तो चौंक उठा। कुछ ही दूरी पर चार व्यक्ति खड़े थे, जिनके रिवाल्वर उसी की तरफ तने हुए थे।

"लायड!"

नूर खां विषैली हंसी हंसता हुआ बोला,

"अपने पीछे देखो, मेरे आदमी खड़े हैं।"

"नूर खां के छः व्यक्ति आड़ से बाहर निकल आए। सभी के हाथों में

रिवाल्वर थे।

"मेरा पलड़ा भारी है लायड!"

"लायड के सामने अभी बच्चे हो नूर खां! तुम्हारे छः आदमियों के पीछे मेरे और पांच आदमी खड़े हैं। अपनी जान बचाना चाहते हो, तो रिवाल्वर फेंककर खुद को मेरे हवाले कर दो।"

नूर खां ने अनुभव किया कि लायड के सामने सचमुच वह बच्चा साबित हुआ है। उसके पांच आदमियों को भी उसने देख लिया।

दो सौ वाट का एक बल्ब जल रहा था, जिससे पार्किंग में रोशनी हो रही थी। लायड को उसने अपने से भी ज़्यादा खतरनाक पाया था। इस समय उससे बचना जरूरी था। उसने बल्ब पर फायर कर दिया।

पार्किंग में चारों तरफ अन्धेरा छा गया।

नूर खां के पेट में एक ठोकर पड़ी और वह दूर जा गिरा, फिर करवटें बदलता हुआ दूर तक निकल गया।

कुछ फायर हुए, कुछ चीखें उभरीं। कितने मरे, नूर खां को इससे मतलब नहीं था। उसे तो इस समय अपनी जान बचाने की पड़ी थी। आखिर वह बचकर निकल ही गया।

शायद उसकी मौत किसी और के हाथों से लिखी थी।

राजन-इक़बाल होटल से अपनी ही कार लेकर भागे थे। सबसे पहले उस व्यक्ति के पास पहुंचे, जिसका पता उन्हें कोमान ने दिया था। उस व्यक्ति का नाम गिरनाऊ था। उसने दोनों को आदर से बठाया। एक-एक कप गर्म काफी पिलवाई।

"गिरनाऊ! बहुत आदर-सत्कार हो लिया।"

इक़बाल खाली कप मेज पर रखता हुआ बोला,

"अब हमें रास्ते पर भी लगा दो।"

"क्या मतलब?"

"यानी हमें बताओ कि प्रोफेसर रमाकान्त कहां मिलेंगे?" राजन ने

किले के पास राजन-इक़बाल

समझाया।

"वीकेन लायड के पास।"

"कहां पर?"

"इस बस्ती के बाहर उत्तर की तरफ पहाड़ी पर एक पुराना क़िला बना हुआ है, वहीं पर दोनों मिलेंगे। देसाई भी और लायड भी।"

इसके बाद उससे विदा लेकर वे बाहर आ गए और कार में बैठकर किले की तरफ चल पड़े। अभी थोड़ी दूर ही पहुंचे थे कि एक फायर हुआ और कार का एक पहिया धमाके के साथ फट गया।

"राजन! खतरा!"

दोनों सावधानी से नीचे उतर आए। तभीर गुर्राता हुआ स्वर सुनाई दिया, "अपने हाथ ऊपर उठा लो!"

दोनों ने पलटकर देखा, सामने बकरे जैसी दाढ़ी वाला नूर खां खड़ा था। उसके हाथ का रिवाल्वर इन्हीं की तरफ तना हुआ था।

"बहुत-से बकरे देखे हैं; लेकिन ऐसा बकरा नहीं देखा।" इक़बाल शान्त स्वर में बोला।

"क्या मतलब?"

"तुम किसी बकरे से कम नज़र नहीं आते नूर खां।"

"शटअप!"

"क्या चाहते हो?" राजन ने पूछा।

"तुम जानते होगे मार्शल नोस्तोव को मैंने खत्म कर दिया है।"

"जानते हैं।"

"तुम लोगों को भी खत्म कर सकता हूं; लेकिन शायद जान बच भी सकती है।"

"कैसे?"

"लायड के ठिकाने का पता मुझे बता दो।"

"अगर पता बता देंगे, तो क्या तुम उससे प्रोफेसर को छीन लोगे?"

"हां।"

"तुम्हारे पीछे जो पहाड़ी है, उस पर जो मकान बना है, उसमें लायड ने प्रोफेसर को कैद कर रखा है।"

उसने पलटकर देखा, वहां कोई मकान नहीं था। इतना समय उन जासूस लड़कों के लिए काफी था। राजन ने लात चला दी।

रिवाल्वर उसके हाथ से छिटक गया।

इक़बाल ने उसके पेट में ठोकर जड़ दी। वह उछलकर दूर जा गिरा, फिर इक़बाल उसके सिर पर पहुंच गया। झुककर उसकी बकरे जैसी दाढ़ी पकड़ ली और खींचता हुआ बोला,

"ऐसी शानदार दाढ़ी पहले कभी नहीं देखी।" वह कराहते हुए बोला,

"छोड़ दो, अरे, शैतानों! छोड़ दो मेरी दाढ़ी।"

"प्यारे! नुमाइश में रखने कि लिए ऐसी दाढ़ी तो अब नोचनी ही पड़ेगी।"

नूर खां उठकर खड़ा हो गया और पीड़ा से चीखता हुआ बोला,

"मैं कहता हूं छोड़ दो। उखड़ जाएगी।"

इक़बाल ने जोर से झटका दिया। आधी से ज़्यादा दाढ़ी उसके हाथ में आ गई। नूर की ठोड़ी से खून बह निकला।

क्रोध से उसकी आंखें लाल हो गई, फिर उसने उस तरफ छलांग लगा दी, जहां उसका रिवाल्वर पड़ा हुआ था। रिवाल्वर उठाकर उसने फायर कर दिया। राजन ने एक तरफ हटकर खुद को बचाया और जेब से अपना रिवाल्वर निकालकर फायर कर दिए।

दोनों गोलियां नूर की छाती में समा गई। वह एक चीख के साथ गिर पड़ा, फिर उठ नहीं सका।

राजन तीव्र स्वर में बोला, "अब हमें जल्दी से यहां से खिसक लेना चाहिए। अगर पुलिस आ गई तो गड़बड़ हो जाएगी।"

"लेकिन हमारी कार का तो बोलोराम हो गया है।"

राजन अभी कोई उत्तर देता, तभी तालियों की आवाज वहां गूंज उठी।

दोनों ने पलटकर देखा, तो चौंक उठे। कुछ ही कदम दूर फिंगही व डारकेन खड़े थे।

राजन बुदबुदायाए "ये यमदूत कहां से आ टपके?"

"प्यारे मामा! प्यारे चाचा!" इक़बाल बोला,

"राजन पूछ रहा है कि तुम दोनों कहां से टपक पड़े?"

"आसमान से टपके हैं भानजे!" फिंगही बोला।

"लेकिन शुक्र-शनिचर दोनों एक साथ...?"

"हम राहु केतु को भी अपने साथ मिलाना चाहते हैं भतीजे!" डारकेन बोला,

"जो बुद्धिमान, चतुर व बहादुर हैं।"

"यानी हम लोग राहु-केतु हैं?"

"हां। राहु-केतु ही नूर खां जैसे खूंखार जासूस को खत्म कर सकते थे।"

"वह बकरा इसी काबिल था।"

"तुम्हारे हाथ में क्या है?"

"उस बकरे की दाढ़ी।"

"यानी मरने से पहले तुमने उसकी दाढ़ी भी नोच ली।"

"हम तो ऐसे लोगों का बहुत कुछ नोच लिया करते हैं, यह तो सिर्फ दाढ़ी है।"

"चलो, दो जासूस तो कम हुए।"

फिंगही बोला, "मुकाबला हम तीनों के बीच है।"

"मामा प्यारे!"

इक़बाल बोला, "चार कहो, हम भी दो हैं।"

"लेकिन हम राजन-इक़बाल को एक ही गिनते हैं।"

"यानी हम एक का तुम दो धाकड़ों से मुकाबला है।"

"इसको ऐसे भी कह सकते हो, हम तीन धाकड़ों का लायड जैसे शैतान से मुकाबला है।"

किले के अंदर राजन-इक़बाल, डॉक्टर डारकेन और फिंगही,

"अब यह पता लगाना होगा कि लायड, फिंगही व डारकेन में से कौन बड़ा शैतान है।"

"इसका पता बाद में लगा लेना। इस समय काम की बात करनी चाहिए।"

"क्या ?" राजन ने पूछा।

"हम अपनी पूरी ताकत के साथ यहां नहीं आए, क्योंकि हमने इसे आसान काम समझा था। लायड की ताकत का अंदाजा नहीं लगा सके। थोड़ी देर पहले ही उससे भेंट हुई थी, तब मालूम हुआ, वह हमारा भी बाप है।"

"बाप होगा तुम्हारा। हमारा क्यों होगा ? फिर भी बताओ क्या हुआ ?"

"फिंगही ने होटल में घटी सारी घटना बता दी। सुनकर इक़बाल हंसता हुआ बोला, "तो हमारे मामा व चचा जान का भी कोई बाप पैदा हो गया ?"

"अगर हम अपनी पूरी ताकत के साथ आए होते, तो उसे मुर्गा बनाकर छत पर उलटा लटका देते।"

"तो अब क्या चाहते हो ?"

"क्या हम तीनों मिलकर उसका मुकाबला करें ?" राजन ने पूछा,

"अगर हमने प्रोफेसर देसाई को प्राप्त कर लिया, तो उन्हें कौन अपने साथ ले जाएगा ?"

"वही जो बुद्धिमान होगा।"

"आपस में बिना खून-खराबे के... ?"

"उस समय आपस में भी खून बहाया जा सकता है।"

"यानी तुम दोनों महारथियों के साथ हमें अकेले टक्कर लेनी पड़ेगी ?"

"नहीं, उस समय हम तीनों अलग अलग प्रोफेसर को अपने साथ ले जाने की कोशिश करेंगे।"

डारकेन ने बताया, "तब तुम दोनों से हम अकेले-अकेले मुकाबला करेंगे।"

"ठीक है। हमें मंजूर है।" राजन बोला।

"तो आओ चलें।"

"फिंगही मामा" इक़बाल बोला,

"तुम पक्के धोखेबाज हो। कोई धोखा तो नहीं करने वाले?"

"अगर धोखा करूं, तो तुम मुझे गोली मार देना।"

"और चाचा! तुम पक्के बदमाश हो।"

"अगर बदमाशी करूं, तो तुम मुझे तोप के गोले से उड़ा देना।"

"तब ठीक है; लेकिन हमारी कार का तो बम-बम भोले हो चुका है। जाएंगे कैसे?"

"कार तो हमारे पास मौजूद है।"

फिंगही बोला, "लेकिन इस कार से नहीं जाएंगे।"

राजन बोला,

"कार से तो हमें तुरन्त देख लिया जाएगा। अगर देख लिए गए तो लायड सतर्क हो जाएगा। हमें चुपके से किले में पहुंचकर अचानक हमला कर देना चाहिए।"

"राजन की योजना मुझे पसंद आई।"

डारकेन बोला, "तो पैदल मार्च करो।"

पहाड़ी के ऊपर बना होने के कारण क़िला दूर से ही दिखाई दे रहा था। तारों की रोशनी में ऐसा लग रहा था, जैसे वहां कोई विशाल प्रेत खड़ा हो। वहां तक एक सड़क भी जाती थी। कुछ हटकर एक पगडंडी भी किले तक जाकर खत्म होती थी। वे उस पगडंडी द्वारा ही चढ़ाई चढ़ रहे थे।

"मामा प्यारे!"

इक़बाल बोला, "एक बात समझ नहीं आई?"

"क्या?"

"यहां वाले तो खुद तुम्हारी सहायता कर रहे थे, फिर तुमने उनकी सहायता क्यों नहीं ली?"

"तुम्हें कैसे मालूम?"

"इंस्पेक्टर नोचान व उसके द्वारा हमारे ऊपर नियुक्त किए गए अंगरक्षक

की बातों से मालूम हुआ था। वे हमारे मार्ग में रुकावटें खड़ी करना चाहते थे, ताकि हम सफल न हो सकें और तुम आसानी से प्रोफसर को प्राप्त करके ले जाओ।"

"मुझे मालूम है; लेकिन मैं इतना मूर्ख नहीं हूं, जो इतनी मंहगी मुर्गी बिना मोटी रकम कमाए किसी को सौंप दूं। मुझे नियुक्त करने वालों के लिए देसाई अनमोल रत्न है। वे उसे हर कीमत पर वसुल करना चाहेंगे।"

"अच्छा?"

"उस काम के लिए मुझे दस लाख डालर एडवांस दिए हैं और काम हो जाने के बाद और भी नज़राना देने का वचन दिया है। पर सौदे बाजी की इस होड़ में क्यों न तगड़ी कमाई की जाए। मैंने तो बिल्कुल तय कर लिया है। प्रोफेसर को प्राप्त करने के बाद नीलामी होगी, मुझे विश्वास है" पचहत्तर लाख से लेकर एक अरब तक डालर तक की बोली लगेगी। बस मजा आ जाएगा।"

"यानी अपने बास को भी अंगूठा दिखा दिया?"

"अपन को तो सिर्फ दौलत चाहिए भानजे! दौलत!"

"और चचा डारकेन तुम अपने बास को हाथ की अंगूठा दिखाओगे या पांव का?"

"दोनों"

अपन दौलत प्राप्त कर सके तो प्रोफेसर के अविष्कार द्वारा विश्व को जीतने का काम पूरा करेंगे भतीजे!"

"लानत है तुम दोनों पर।"

"लेकिन मैं तुम लोगों के इरादों को पूरा नहीं होने दूंगा। मेरे प्यारे मामे! व चाचे!"

राजन ने मुसकराते हुए कहा,

"यह तो समय बताएगा।"

चारों किले के काफी करीब पहुंच गए थे। वहां चारों तरफ मौत जैसा सन्नाटा छाया हुआ था। ऐसा लग रहा था जैसे मौत का साम्राज्य हो।"

"चाचा प्यारे!"

इक़बाल बोला, "हमारे पास रिवाल्वर के सिवा और खतरनाक हथियार नहीं है, फिर लायड का मुकाबला कैसे करेंगे?"

"बुद्धि से।"

चारों इस समय किले की दीवार के पास मौजूद थे।

राजन बोला, "मामा! मेरे विचार से हमें दो-दो के दल में बंट जाना चाहिए, अगर एक दल फंस जाए तो दूसरा दल उसे छुड़ा तो सके।"

"ठीक है।" फिंगही बोला,

"तुम व डारकेन तथा मैं व इक़बाल अलग-अलग किले में प्रविष्ट होने की कोशिश करते हैं"

यह योजना सबको पंसद आई। फिर वे लोग दो दलों में बंट गए। राजन व डारकेन सावधानी से किले के फाटक की तरफ बढ़ने लगे।

किले का एक फाटक तो टूटा हुआ था, लेकिन दूसरा जमीन के अन्दर धंसकर जाम हो गया था। फाटक के पास पहुंचकर उन्होंने देखा, अन्दर घना अंधेरा छाया हुआ है। कहीं भी रोशनी नहीं थी।

"चचा!" राजन बोला,

"क्या खयाल है? अन्दर चलें?"

"कुछ करना है, तो अदंर जाना ही पड़ेगा।"

"फिर दोनों किले में प्रविष्ट हो गए। अभी तक उन्हें कोई भी व्यक्ति दिखाई नहीं दिया था। दोनों

सावधानी से आंखें फाड़-फाड़कर देखते हुए आगे बढ़ रहे थे।

चारों तरफ काफी ऊंचा परकोटा था। जगह-जगह झाड़ियां उगी हुई थीं। दोनों जैसे ही आगे बढ़े; उन्हें पीछे से गुर्राता हुआ स्वर सुनाई दिया,

"तुम दोनों हाथ ऊपर उठा लो!"

राजन डारकेन ने एक-दूसरे की तरफ देखा। दोनों ने हाथों में रिवाल्वर पकड़े, फिर वे फुर्ति के साथ पलटे।

काली पोशाक पहने सामने दो व्यक्ति खड़े थे। दोनों के हाथों में स्टेनगनें थीं। राजन डारकेन के साइलेंसर लगे रिवाल्वर से गोली निकलकर उनकी कलाई में लगी।

दो चीखें उभरीं। उनके हाथों से स्टेनगनें छुट गईं। दो फायर और हुए और दोनों रक्षकों की खोपड़ी में सूराख हो गए।

वे गिरे, फिर उठ नहीं सके।

डारकेन व राजन ने उनकी स्टेनगनें अपने कब्ज़े में कर लीं फिर दोनों तेजी से अन्दर प्रविष्ट हो गए।

खतरा अभी बना हुआ था।

"मामा प्यारे! बहुत दिन हो गए। तुम्हें जोक नहीं सुनाया। आज मौका मिला है। तुम्हें जोक सुना ही देता हूं।"

"अभी नहीं।"

"अभी क्या तकलीफ है? बुखार है या नजला गिर गया है? जल्दी बोलो, क्या बात है?"

"जिस काम के लिए यहां आए हैं, वह काम पूरा हो जाए, फिर अवश्य सुनूंगा।"

"तुम पक्के गद्दार हो मामा प्यारे! गद्दारी मत करना! अगर जोक नहीं सुना तो मैं आत्महत्या कर लूंगा।"

"ऐसी नौबत नहीं आएगी।"

"तो फिर आओ, हम किले का एक चक्कर लगाकर अंदर प्रविष्ट होने का कोई दूसरा रास्ता तलाश करें।"

वे दीवार के किनारे-किनारे आगे बढ़ने लगे। दाईं तरफ घुमते ही वे ठिठककर रुक गए। उधर एक तरफ दीवार थी, दूसरी तरफ गहरी खाई, जिसका अंतिम सिरा दिखाई नहीं दे रहा था। दोनों के बीच में लगभग एक मीटर का रास्ता था, जिस पर वे सावधानी से आगे बढ़ने लगे।

"मामा प्यारे!" इक़बाल बोला,

"अगर तुम मुझे इस खाई में ढकेल दो, तो मेरी हड्डियों का सुरमा ही

बन जाए। मांस के लोथड़े भी चारों तरफ बिखर जाएं।"

"चाहे हम एक-दूसरे के दुश्मन हैं, लेकिन अपने भानजे को खाई में ढकेल कर मैं ऐसा नीच काम नहीं कर सकता।"

"तुम पक्के गद्दार, दगाबाज व बदमाश हो, लेकिन तुम्हारी यही बातें तो मुझे पसंद हैं, जिसके कारण मैं तुम्हें पसंद करता हूं मामा !"

फिंगही हंस पड़ा।

कैसी विडंबना थी। एक-दूसरे के जानी दुश्मन दोस्त बनकर एक साथ काम कर रहे थे। आगे वह एक-दूसरे के साथ कैसे पेश आते हैं, यही देखना है।

कुछ आगे जाकर उन्हें एक किले की दीवार टूटी हुई दिखाई दी। वे उसे हिस्से से किले के अन्दर प्रविष्ट हो गए। अन्दर गैहन अंधकार छाया हुआ था।

"मामा प्यारे ! लगता है, यहां तो भूत बसते हैं।"

"इंसानी भूत कहो। लायड किसी भूत से कम नहीं।"

"मैंने उसे देखा तो नहीं, लेकिन इतना बता दूं मामा ! अगर वह मुझे मिल गया, तो उसे गधा बनाकर ढेचूं-ढेचूं अवश्य बुलवा दूंगा।"

"वह ख़ौफनाक़ इंसान है। हमें हर कदम सोच-समझकर उठाना होगा।"

झाड़ियों वाले अहाते को पार करके वे बरामदे में पहुंचे। सामने ही एक दरवाज़ा दिखाई दे रहा था। दोनों उसमें प्रविष्ट हो गए।

उस कमरे में भी अंधेरा था।

दोनों ने एक हाथ में रिवाल्वर तथा दूसरे हाथ में पेन टार्च पकड़ ली। दाईं तरफ एक और दरवाज़ा दिखाई दे रहा था। दोनों जैसे ही उसकी तरफ बढ़े, दो व्यक्ति दरवाजे पर प्रकट हुए। दोनों के हाथों में स्टेनगनें थीं।

एक व्यक्ति की आवाज सुनाई दी,

"हथियार फेंककर अपने हाथ ऊपर उठा लो !"

इक़बाल व फिंगही ने एक साथ टार्च की रोशनी उनकी आंखों में डाली और साइलेंसर युक्त रिवाल्वर के ट्रेगर दबा दिए।

हलकी पिट-पिट की आवाज हुई और दोनों के माथे में एक-एक सूराख

बन गया। वे वहीं ढेर हो गए।

दोनों ने लपककर उनकी स्टेनगनें अपने कब्ज़े में कर लीं।

"भानजे।" फिंगही बोला,

"यह हमारी पहली सफलता है।"

"अभी तो हमें बहुत भारी सफलताएं प्राप्त करनी हैं। आगे बढ़ो मामा!"

दोनों सामने वाले दरवाजे में प्रविष्ट हो गए। उस कमरे में भी अंधेरा था।

"मामा! इक़बाल बोला,

"लगता है, हमारे यहां आने की ख़बर लायड को हो गई है।"

तभी वे चौंक उठे। कमरे में एक भयानक अट्‌ठहास गूंजा; फिर एक ख़ौफनाक़ आवाज उभरी, आखिर तुम दोनों यहां आ ही गए"

इक़बाल बोला, "तुम्हें कुछ तकलीफ है?"

"तकलीफ मुझे नहीं, तुम दोनों को होगी।"

ख़ौफनाक़ आवाज फिर उभरी,

"चोरी से इस किले में आकर तुम लोगों ने मौत को दावत दी है।"

"दावत खाने ही तो हम यहां आए हैं।"

"हम तुम्हें अवश्य दावत खिलाएंगे।"

"लेकिन तुम कौन हो?" फिंगही ने पूछा।

"किले की ख़ौफनाक़ आवाज।"

"यानी कोई इंसान नहीं हो?"

"थोड़ी देर बाद तुम लोगों को मालूम हो जाएगा कि ख़ौफनाक़ आवाज कौन है। अपने हथियार फेंक दो। तुम लोग इस समय मेरे आदमियों के निशाने पर हो।"

"तो ख़ौफनाक़ आवाज के आदमी भी होते हैं?"

"बकवास करने की बजाय अपने हथियार फेंक दो। अगर तुमने कोई गलत हरकत की तो जिस्म गोलियों से छलनी कर दिया जाएगा।"

"मामा ! फस गए।"

"तो हथियार फेंक दो।"

दोनों को अभी कोई व्यक्ति दिखाई नहीं दिया था, लेकिन उन्हें विश्वास हो गया था कि इस समय अगर गड़बड़ की तो उनका जिस्म गोलियों से छलनी कर दिया जाएगा।

दोनों ने हथियार फेंक दिए।

उसी समय कमरे में हलकी रोशनी फैल गई। उस रोशनी में तीन व्यक्ति दरवाजे से प्रकट हुए। तीनों के हाथों में स्टेनगनें थीं। दरवाजे की तरफ इशारा करते हुए वह व्यक्ति गुर्राया,

"चलो।"

इक़बाल और फिंगही बिना किसी हुज्जत के उनके साथ हो लिए। इसके बाद वे लोग जिस कमरे से भी गुज़रे, उसमें हलकी रोशनी हो रही थी। पांचवा कमरा छोटा-सा था। एक व्यक्ति ने दीवार में लगे लीवर को नीचे दबाया, फर्श में रिक्त स्थान उत्पन्न हो गया।

नीचे जाने के लिए सीढ़ियां दिखाई देने लगीं।

"मामा !" इक़बाल बोला,

"लगता है, थोड़ी देर बाद हम ख़ौफनाक़ आवाज़ से मिलेंगे।"

"हां।"

फिर वह सब सीढ़ियां उतरने लगे।

राजन व डारकेन एक कमरे में प्रविष्ट हो गए। उस कमरे में अंधेरा था।

दूसरे कमरे में प्रविष्ट होने के बाद राजन बोला,

"चचा ! समझ नहीं आ रहा। इतने बड़े किले में लायड कहां मिलेगा?"

"हमारा काम खोजना है। कहीं-न-कहीं तो मिलेगा।"

जैसे ही वे तीसरे कमरे में प्रविष्ट हुए एक भंयकर अट्ठास सुनाई दिया। दोनों ठिठककर रुक गए और पेन टार्चो की रोशनी से चारों तरफ देखने लगे।

ख़ौफनाक़ आवाज़ को सुनते हुए फिंगही और राजन-इक़बाल

तभी ख़ौफनाक़ आवाज उभरी,

"कोई फायदा नहीं। हमें तुम लोग देख नहीं सकते।"

"क्यो?" डारकेन ने पूछा।

"ख़ौफनाक़ आवाज को सुना जा सकता है, देखा नहीं जा सकता।"

"तो तुम इंसान नही हो?"

"मैं जो भी हूं, थोड़ी देर बाद तुम लोग देख लोगे; लेकिन इस समय तुम हथियार फेंककर आत्मसमर्पण कर दो। अगर कोई गड़बड़ करने की कोशिश की तो जिस्म गोलियों से छलनी कर दिया जाएगा। तुम लोग इस समय हमारे आदमियों से घिरे हुए हो।"

"क्या विचार है चाचा!"

"इस समय तो आत्मसमर्पण करना ही उचित है। जिन्दा रहे तो उससे निबटने के लिए और मौके मिल जाएंगे।"

फिर दोनों ने हथियार फेंक दिए।

उसी समय कमरे में हलकी रोशनी फैल गई और तीन स्टेनगन धारी व्यक्ति सामने के दरवाजे से प्रकट हुए।

उनमें से एक बोला, "चलो!"

दोनों उनके साथ चल पड़े, फिर वह जिस कमरे से भी गुजरे, उसमें हलकी रोशनी होती गई। क़िला उनके लिए रहस्यमय होता जा रहा था। एक छोटे से कमरे में पहुंचकर रुक गए, एक व्यक्ति ने दीवार में लगा लीवर नीचे दबा दिया, फर्श में एक रिक्त स्थान उत्पन्न हो गया और नीचे जाने के लिए सीढ़ियां नजर आने लगीं।

एक बदमाश आगे हो गया और दो पीछे, फिर वे सीढ़िया उतरने लगे। वे लोग समझ गए कि लायड का साम्राज्य किले के बाहर तो है ही, किले के तहखानों में भी है।

जीवन मृत्यु का फैसला होने में थोड़ी देर ही बाकी थी।

वह काफी बड़ा हाल जैसा कमरा था। आगे-पीछे उसमें दो द्वार थे।

इक़बाल व फिंगही को उसी कमरे में लाया गया। सामने किसी सम्राट की तरह वीकेन लायड एक शानदार कुर्सी पर बैठा हुआ था। साढ़े छः फीट का लम्बा कद, गठा हुआ मज़बूत जिस्म, सिर के बाल छोटे व घुंघराले, रंग एकदम काला। जब वह मुसकराता था, तो उसके सफेद दांत इस तरह चमकते थे, जैसे छोटे-छोटे दूधिया बल्ब मुंह के अन्दर फिट कर दिए गए हों।

"तो तुमने सीधे ढंग के बजाय टेढे ढंग से किले में प्रविष्ट होने की कोशिश की है।"

"भूत जी!" इक़बाल बोला,

"यह टेढ़ा वे सीधा क्या होता है?"

"भूत! कौन भूत?"

तुम्हारे जैसे काले व्यक्ति को बच्चे भूत ही कहेंगे और हम बच्चे ही हैं।"

"तुम कितने खतरनाक बच्चे हो, मैं जानता हूं। अगर जरा-सी सावधानी हटी कि तुमने शरारत शुरू की नहीं।"

"तारिफ का शुक्रिया! तो तुम ही खुद को ख़ौफनाक़ आवाज कह रहे थे?

फिंगही ने पूछा।

"ठीक पहचाना। मेरी आवाज से बड़े-बड़े अपराधी कांपते हैं।"

"हम भी कांप रहे हैं। मामा प्यारे! कांपना शुरू कर दो।"

इक़बाल ने कहा और दोनों ने सचमुच कांपना शुरू कर दिया।

"मज़ाक छोड़ो और एक बात बताओ?"

"पूछो।"

"फिंगही! तुम्हें तो यहां वालों का सहयोग भी प्राप्त था, फिर तुमने यह गलत तरीका क्यों अपनाया?"

"तुम तो मेरे सामने अभी बच्चे हो लायड! मुझे सारी दुनिया जानती है कि मैं कितना खतरनाक अपराधी हूं। तुम देखोगे कि मैं क्या कुछ कर सकती हूं। वैसे मुझे किसी दूसरे के लिए काम न करके अपने लिए करना

लायड के सामने राजन और डारकेन

चाहिए था।"

"क्या मतलब?"

"बाद में मुझे एहसास हुआ कि प्रोफेसर रमाकान्त तो बहुत मोटी मुर्गी है। अगर मैं उन्हें प्राप्त करके बेचूं तो एक अरब डालर तक कमा सकता हूं। यह सोच मस्तिष्क में आते ही मैंने बिना किसी की सहायता के प्रोफेसर को प्राप्त करने की कोशिश कर दी।"

"लेकिन इक़बाल तो एक देशभक्त भारतीय है। यह तुम्हें प्रोफेसर को कैसे ले जाने देगा? और वह महान वैज्ञानिक भी तो भारत का ही।"

"यह हमारा आपसी मामला है। तुम नहीं समझोगे।"

"राजन व डारकेन को भी पकड़कर यहां लाया जा रहा है, फिर तुम चारों को जो सज़ा मिलेगी, वह बताई जाएगी।"

तभी तीन रक्षकों के साथ राजन व डारकेन अंदर प्रविष्ट हुए।

"चचा प्यारे!"

इक़बाल ने नारा लगाया,

"हम लोग खड़े हुए तुम्हारा ही इन्तजार कर रहे थे।"

"और हम आ गए।"

"तुम लोग जबरन प्रोफेसर को प्राप्त करना चाहते थे?" लायड ने पूछा।

"सच्चाई को हम छिपाना पसंद नहीं करते।"

"तुम लोग अब हमारे लिए बेकार हो, इसलिए अब हमें फिर तुम्हारे आकाओं से सम्पर्क करना पड़ेगा।"

"हम तो तुम्हें भूल ही गए।" राजन बोला।

"तुम लोग भूलने की ही चीज हो, क्योंकि तुम फोकट में ही प्रोफेसर को प्राप्त करना चाहते थे।"

"हम प्रोफेसर को फोकट में ही प्राप्त कर ले जाएंगे। क्योंकि वह हमारे हैं।"

"सपने देखना बुरी चीज नहीं है। तुम लोग सपने देखो!"

कुछ क्षण खामोशी छाई रही, फिर फिंगही बोला,

"जिसके लिए हम लोग इतनी मार-काट कर रहे हैं, उसे एक बार हमें दिखा तो दो।"

"तुम्हारा इशारा प्रोफेसर की तरफ है"

"हां।"

"मरने से पहले मैं तुम लोगों की इच्छा अवश्य ही पूरी करूंगा।"

हमें खुशी होगी।"

लायड ने अपने एक आदमी को आदेश दिया,

"प्रोफेसर को यहां ले आओ।"

उस व्यक्ति के जाने के बाद चारों ने आपस में ही आंखों-आंखों में इशारे किए, जिसे लायड नहीं समझ सका।

थोड़ी देर बाद वही व्यक्ति आकर बोला, बास! प्रोफेसर आगए हैं।"

"खिड़की खोल दो, ताकि ये लोग प्रोफेसर को देख सकें।"

सामने की दीवार का काफी बड़ा हिस्सा एक तरफ हट गया और एक सलाखों वाली खिड़की दिखाई देने लगी। उसके पीछे एक बूढ़ा व्यक्ति खड़ा था, जिसकी दाढ़ी व सिर के बाल बढ़े हुए थे। आधे से ज़्यादा बाल सफेद हो गए थे। वह काफी कमज़ोर नज़र आ रहा था।

राजन, इक़बाल, डारकेन व फिंगही ने तुरन्त पहचान लिया, वही प्रोफेसर रमाकान्त देसाई थे।

सभी पहरेदारों का ध्यान प्रोफेसर की तरफ था। इसी समय राजन व इक़बाल ने दाएं बूट से बाएं बूट का पिछला हिस्सा दबाया। बूट की टोह में से बारीक सुइयां निकलकर दो पहरेदारों के चेहरों में घुस गई।

वे चीख उठे। स्टेनगन फेंककर उन्होने दोनों हाथों से चेहरा ढ़ाप लिया। कोई अभी कुछ समझता, उससे पहले ही चारों उन रक्षकों पर टूट पड़े। पहरेदारों की स्टेनगनें उनके हाथों में आ गई।

लायड ने जैसे ही खतरे को भांपा उसने बाहरी दरवाजे की तरफ छलांग लगा दी। राजन की स्टेनगन उसी समय चीख उठी। लायड अभी हवा में ही था कि उसका जिस्म गोलियों से छलनी हो गया।

राजन-इक़बाल, डारकेन व फिंगही के सामने प्रोफेसर रमाकान्त

जब वह नीचे गिरा तो खून से लथपथ था।

कुछ और स्टेनगनें गरजीं और पांच रक्षक ढेर हो गए। छठे रक्षक की पीठ से स्टेनगन लगाते हुए इक़बाल गुर्राया,

"अगर अपनी जान बचाना चाहते हो, तो हमें प्रोफेसर तक ले चलो !"

अपने बास व साथियों की लाशें देखकर वह कांप उठा था। वह कांपते स्वर में बोला, "चलो !"

चारों उसके साथ चल पड़े।

लेकिन फिंगही ने लायड की लाश को उठाकर कमरे से बाहर फेंक दिया था, ताकि उसकी लाश देखकर उसके साथियों के हौसले पस्त हो जाएं।

डारकेन जितनी जोर से हो सकता था चिल्लाया,

"लायड मारा गया है।" अगर अपनी जान बचाना चाहते हो,

तो आत्मसमर्पण कर दो।"

प्रोफेसर देसाई खिड़की से आश्चर्य व भयभीत निगाहों से उन्हें देख रहे थे।

तभी भागते कदमों की आवाजे सुनकर सभी चौके। डारकेन बोला,

"चिन्ता की कोई बात नहीं। लायड के साथी उसकी लाश देखने के बाद मैदान छोड़कर भाग रहे हैं।"

सबने बाहर झांककर देखा, सचमुच लायड के साथी भाग रहे थे। फिंगही, डारकेन ने एक बार फिर फायरिंग कर दी।

भागते हुए कुछ व्यक्ति गिर पड़े, जो बचे, वे मैदान छोड़कर भाग गए।

"अब रास्ता साफ है, चलो !" फिंगही बोला।

उस व्यक्ति के पीछे-पीछे चारों चल पड़े।

राजन-इक़बाल सोच रहे थे कि इन दोनों यमदूतों से प्रोफेसर को बचाकर ले जाना बहुत कठिन है। राजन ने भी फैसला कर लिया था कि अगर वह प्रोफेसर को ले जाने में कामयाब न हुए, तो उन्हें खत्म कर देंगे।

बगल वाले कमरे का दरवाज़ा बाहर से बन्द था। उसे खोलकर वे लोग अन्दर प्रविष्ट हो गए। प्रोफेसर अपनी बूढ़ी आंखों से उन्हें टुकुर-टुकुर देख

रहा था।

"प्रोफेसर अंकल!" राजन बोला,

"हम राजन-इक़बाल आपको भारत से लेने आए हैं।"

"गलत।" फिंगही बोला,

"प्रोफेसर को तुम लोग नहीं, हम ले जाएंगे।"

"फिंगही ठीक कह रहा है।" डारकेन बोला।

इसी के साथ फिंगही व डारकेन ने लात चला दी। राजन-इक़बाल के हाथ से स्टेनगनें छिटककर दूर जा गिरीं।

फिंगही ने अपनी स्टेनगन उनकी तरफ तान दी और गुराया,

"अगर तुम लोगों ने कोई गलत हरकत करने की कोशिश की, तो गोलियों से छलनी कर दिया जाएगा।"

"मामा प्यारे!" इक़बाल बोला,

"रहे न घोंचू-के-घोंचू यानी गद्दार! कुत्ते की तरह तुम्हारी पूंछ भी कभी

सीधी नहीं हो सकती।"

"भानजे! भूल गए, हमारे बीच पहले ही बात हो चुकी है। लायड को मारने के बाद अपनी बुद्धि के प्रयोग से जो भी प्रोफेसर को ले जा सकेगा ले जाएगा।"

"ठीक है, ले जाओ।"

"डारकेन! इन दोनों के हाथ पैर बांध दो।"

राजन का चेहरा सख्त हो गया था। होंठ भिंच गए थे, वह समझ गया था, प्रोफेसर को वह आसानी के साथ नहीं ले जा सकेगा। उसके पास एक ऐसा पेन था, जिसमें सिर्फ एक बुलेट था, जिससे वह फिंगही व डारकेन को तो एक साथ नहीं मार सकेगा। उसने प्रोफेसर को मारकर सारी कहानी खत्म कर देने का निश्चय कर लिया, क्योंकि दोनों यमदूत प्रोफेसर का गलत इस्तेमाल करके दुनिया के लिए संकट बना सकते थे।

उसने फुर्ति के साथ जेब से पेन निकाला और प्रोफेसर के माथे का निशाना

गोलियां चलाते हुए राजन-इक़बाल

लेकर सूक्ष्म बटन दबा दिया। गोली प्रोफेसर के माथे में घुस गई। वह बिना कण्ठ से आवाज निकाले गिर पड़े, फिर उठ नहीं सके।

"प्रोफेसर अंकल !" राजन बुदबुदाया,

"मुझे माफ करें। दुनिया की भलाई के लिए ऐसा करना जरूरी था। आपकी एक जान चली गई; पर सारी दुनिया की मानवता का भला हुआ। आपको हम जयहिन्द करते हैं। आप सचमुच शहीदों में गिने जाएंगे।"

डारकेन व फिंगही आंखें फाड़े यह सब देख रहे थे,

फिर फिंगही बोला, "राजन!"

यह तुमने क्या किया?

"दुनिया की भलाई के लिए मुझे प्रोफेसर की जान लेने का पाप कमाना पड़ा है। गलत हाथों में जाकर यह दुनिया के लिए संकट बन सकते थे।"

"और अगर इन्हें तुम ले जाते तो?"

"भारत एक शांति प्रिय देश है। भारत प्रोफेसर के आविष्कार का उपयोग विश्व शांति के लिए करता। अब तुम लोग चाहो, तो हमें गोली मार सकते हो।"

"तुम्हारे विचारों की हम कद्र करते हैं। सचमुच तुम ग्रेट हो राजन !"

"भतीजे !" डारकेन बोला,

"मेरा आशीर्वाद भी तुम्हारे साथ है। तुम दुनिया में खूब नाम रोशन करो !"

राजन मुस्करा दिया। इक़बाल झट से बोला,

"मामा व चचा जान ! उर्फ कुत्ते की दो पूंछों ! मेरे लिए तुम दोनों के पास कोई आशीर्वाद नहीं।"

"जोक सुना-सुनाकर तुमने वैसे ही अपना नाम रोशन कर रखा है। तुम्हें आशीर्वाद की क्या जरूरत?"

"तो इसी खुशी में जोक सुनो।"

"कहने के साथ ही वह शुरू हो गया "

'उलटा टांग दो।

तरबूज काट दो।

ज़्यादा बोले तो एक लात दो।

तब भी न माने तो बोझ कंधे सिर पर लाद दो।

गर्दन टूटेगी, वह मर जाएगा।

पट्ठा स्वर्ग नहीं तो नर्क जाएगा'।

इक़बाल के चुप होते ही दोनों हंस पडे, फिर बिना कुछ कहे कमरे से बाहर निकल गए।

अब जासूसों का चक्का खत्म हो गया था। लायड मारा गया था। प्रोफेसर रमाकान्त देसाई भी जिन्दा नहीं बचे थे। भारत की सहानुभूति हासिल करने के लिए राजन-इक़बाल को प्रोफेसर की लाश के साथ एक खास विमान द्वारा पहुंचा दिया

मजबूर होकर राजन ने प्रोफेसर देसाई की हत्या की थी। इसका उसे बहुत दुःख था। दुःख इक़बाल को भी था; लेकिन वह दुःख में भी जोक सुनाने से बाज नहीं आता था।